驚動的眼睛

眼睛

李昌憲
Lee Chang-hsien

著

【序】
情感興發的驚動
──序李昌憲《驚動的眼睛》

林鷺

　　人生的意義對每個人而言，都有不同的解讀，想要心想事成，其實並不容易；一個人興趣的廣泛或許可以稱許，但是能做得出端上檯面的好成績，恐怕就得借助合宜的機緣，和個人追求非凡的意志力了！生活中的品茗、泡咖啡、攝影，如果都只能算是日常的興趣，那麼去看一個人從職場退休以後，非但沒有好好閒著，反而拿自己的興趣當職業，日子過得比上班族還要忙碌；那麼，加上篆刻、捏陶、寫詩、主編《笠》詩刊，還在社區大學授課，這就讓人真的不知該如何去定義所謂「興趣」與「專長」的差別。綜合這些事例，就是我為什麼老是喜歡形容李昌憲是一個「仙人級詩人」的緣故。

　　不久以前詩友們才收到一本全數以茶趣入詩的《人

生茶席》，想不到這麼快李昌憲又要出版新詩集，足見他非但興趣多樣化，也有足夠的才情去完善生活的嗜好。綜觀這本《驚動的眼睛》總共分成五輯。第一輯：主要在懷思陸續去逝的詩友。第二輯：針對原生家庭寫下的點滴情思。第三輯：延續關懷不均等的諸多社會問題。第四輯：以香港反送中為出發點，發抒各類政治事件的觀察與感想。第五輯：著眼毒害台灣的各種問題。

　　美國啟蒙運動重要的領導者之一，著名的散文家班傑明‧佛蘭克林，曾經用「親切的態度，歡悅的談話，同情的流露和純真的讚美」來定義所謂的「友情」。這定義的獲得實現，既是朋友情感善意的相互釋放，也為人際關係的充實帶來愉悅的滿足。李昌憲在第一輯「啟蒙」裡，就藉著與年輕時參加過的詩社詩友們，經過數十年後的重聚，以〈森林歲月〉一詩，來回顧他們曾經共同

　　　用詩文記錄社會變遷
　　　用鏡頭留住滄桑記憶
　　　用畫筆揮灑人生色彩
　　　用泥土形塑生活百態

用刻刀雕琢人性明暗

的青壯豪情，也有〈也許〉中「青春期寫的抒情詩／
字句間長滿青春痘」調侃式的幽默。然而，活在時間無
情的推波下，真相難免悲喜相依，我們因此無可避免，
也閱讀李昌憲追思陳秀喜、龔顯榮、莊柏林、錦連、羅
浪、杜潘芳格、趙天儀和岩上，八位笠詩社前輩詩人而
寫的傷逝。

　　這些悼念的詩句，寫詩人錦連有「一次又一次讀
你的詩／詩中隱喻的詩句／是不斷膨脹的語言」「詩人
不死的靈魂／猶探索《海的起源》」、寫羅浪有「長期
戒嚴下／籠罩／受驚的詩人／筆也跟著擱淺」的白色恐
怖、寫莊柏林的「我只想要化作《火鳳凰》／再為人權
為民主辯護／再回學甲去看《故鄉的形影》」有台灣爭
民主的眼淚、寫杜潘芳格有「神聽見了／神真的召喚
妳／去天堂唸妳的詩／與杜醫師相見」的宗教與愛情
歸屬、寫趙天儀有「您撒下許多詩的種子／有些成為
兒童的歡歌／有些成為詩壇的養份／終將萌芽在台灣詩
時代」的真誠耕耘與希望、寫岩上有「太極氣功吸呼吸
呼……／吐出體內積累的穢氣」「拿起毛筆懸腕提氣疾

書／宣紙上墨色還正喘息」的仙風道骨。

　　除此，李昌憲對於啟蒙恩師的栽培，特別以誠懇的心寫出「握著這枝啟蒙之筆／面對知識的浩瀚／我寫下數百首詩／記錄人生的真實」來表達他對恩師的感念。

　　記得學生時代，我曾熱衷觀看一部敘述美國黑人尋根的電視影集「根」，後來因此發現人類對於生命意義的情感溯源，非得要等到成年離開父母或遠離家鄉，否則無法真切體會。據我所知，李昌憲家的祖厝位在台南，離他婚後的高雄住家，距離並不能算遠，但在第二輯「返回古厝」，他有感「退休後返回祖厝／走在熟悉的蜿蜒山路／恰似真實人生時起時伏」──〈返回古厝〉的興嘆，卻是讓許多離開故居，走過養育兒女，爭逐職場名位，回歸故里的人產生一種心有戚戚焉的感慨。反之，李昌憲回到他婚姻所建立的家庭，則寫下：

回家

點亮一盞燈
　營造空間的一種氛圍
開啟一扇窗

接入陽台的一片綠意
沖泡一壺茶
沉澱心情與啟迪心靈
聊生活趣事
笑聲釋放生活的皺紋
躺在雙人床
休息是最溫和的補藥

這種看似簡單，卻是不簡單的幸福。

　　回想父母養育子女一路的辛苦，李昌憲寫父母親接受「重陽節鑽石婚楷模表揚／主持人調侃這些老夫老妻／結婚六十年怎麼都沒牽手」的幽默，與「鑽石婚楷模的獎牌沒有鑽石／他們結婚也沒有鑽石可戴／同甘共苦的漫長歲月／此刻像鑽石般璀璨」──〈鑽石婚〉的含淚感恩，文字雖看似平凡，卻為讀者示範為人子女的家庭教養，也讓新世代順便瀏覽舊時代，對於愛情的含蓄與婚姻生活的堅忍，更讓上了年紀的人讀來不禁莞爾。父母總會老去，也必成為故人。李昌憲用母親習慣的語言，寫下〈祭母〉的親恩思懷。比較讓人驚訝的是，他〈噍吧哖遣悲懷─兼祭曾祖父〉的詩，揭露原來詩人的

曾祖父竟然是噍吧哖歷史悲劇的受難者，隱藏的歷史突
然感覺這麼近，真是令人不勝唏噓！

　　詩集的第三輯〈M型社會〉李昌憲總共收錄2009至
2019年間19首與社會議題相關的作品，呈現台灣在那十
年之間的社會大事，留下K黨執政，承諾633跳票〈揣
袂著頭路〉的失業問題，以及讓人記憶猶新的苗栗大埔
惡意徵收農地事件，導致一生與世無爭，只為堅守祖先
耕種的土地與家園的老婦，竟然必須絕望的以死抗爭的
〈阿嬤兮心〉，和〈虛擬〉網路世界，寫人性經不起誘
惑，層出不窮的情色金錢詐騙事件的〈刪除〉等，都承
襲他長期關注勞工與弱勢族群的詩人形象。

　　第四輯李昌憲以台灣的〈蕃薯〉韌性：

　　　　我將發芽的蕃薯
　　　　種佇北半球的碗公
　　　　看伊打拼發葉展藤
　　　　惦佇阮厝客廳生淡

　　　　雖然碗公嘸是大片土地
　　　　嘸閣土地小　有小的好

生活自由自在過

嘸免驚別人恐嚇
嘸免看別人目色
嘸免去倚靠別人
嘸免看新聞歹戲拖棚

蕃薯大家來種
等待時機
湠互開……

　　向外看香港如火如荼的慘烈「反送中」悲情，記錄台灣曾經〈黑潮怒吼〉的反服貿抗爭，譴責擺脫不掉的〈惡鄰居〉中國，成為武漢肺炎的起源地與散播者，還與世界衛生組織WHO朋比為奸，刻意向世界〈隱匿〉疫情。

　　武漢肺炎突如其來的發生，的確嚴酷考驗各國政府執政防疫措施的應變能力，好在我政府即時調度本是黃昏產業的口罩製造廠，以超高效率輔導整合相關廠商，成立救火防疫口罩〈國家隊〉成功讓台灣成為舉世稱羨

佩服的防疫模範生，證明我們有能力、有本質，在強權
的威脅下，成為一隻不再〈被關的台灣畫眉〉。

　　李昌憲在最後一輯〈毒——害台灣〉寫國人在「美
食王國」的稱號下，讓人惴惴不安的食毒、武漢肺炎傳
播致命的世紀之毒，以及有人假借民主之便，不惜利用台
灣的民主蓄意毒害民主台灣的毒，都令人感到無比憂心。

　　這本詩集也有李昌憲〈輕聲誦一部經〉或〈抄經〉
等，來自經典啟發的宗教修為，與日常生活累積的智
慧，表現在參加一場同學會的文字上，就有如下從現實
面散發深度的這首詩：

時間沒有腳

時間
沒有腳
越走越快

生命
剩下的
越來越少

參加同學會
唉！人數
一年一年少

時間
在生命邊緣
舞蹈

生命
在時間邊緣
掙扎

　　我們讀李昌憲的詩，總是聚焦在大眾生活看得見、聽得到的現實面，不無病呻吟，不取巧造作。所以有「現實，又亂又煩／低頭滑手機／把自己囚禁／網來、網去／網不住生活的魚」──〈虛擬〉的時代性悲哀，有「胸對著胸　露出事業線／眼照著眼　時間有限／心惦著心　金錢無上限／／奢華買下／打開皮包拉鏈　赫然／有好幾隻鱷魚　尾巴／還在動　垂死前掙扎」──〈名牌包〉的幽默諷刺、有「咖啡豆的光與影／由人類

的愛決定／淺、中、深的光澤是／上天給人類的禮物？
／人類下地獄的祭品！」──〈咖啡豆的光與影〉對勞
工遭受暗黑剝削的憐憫與提醒，更有香港民主抗爭「驚
動全世界的眼睛／吐出全世界的唾液」──〈驚動全世
界的眼睛〉的諷刺與控訴。

　　做為一個讀者，我樂意從這本詩集閱讀一位詩人
多重面向的踏實。對於他所表達人與人之間的情誼與關
懷，感到親切與溫暖；對於他來自事物興發的觀察與批
判，稱許他對於良心與正義的盡責。最後，我且以李昌
憲〈驚動的眼睛〉來呼應香港以及武漢肺炎所發生的困
境，期許這樣的無常可以再度翻轉。

2020/12/30

目　次

【序】情感興發的驚動
　　──序李昌憲《驚動的眼睛》／林鷺　003

輯 **| 啟蒙**
一

不死的靈魂──追思前輩詩人錦連先生　　020

草屯詩人──致岩上　　023

草屯印象　　024

笠園玫瑰　　025

心象・未來──題陳澄波畫作木材工廠　　026

釣者留詩名──敬悼羅浪前輩　　028

形影──遙祭律師詩人莊柏林　　031

兩瓶醬油　　033

神聽見了──致前輩詩人杜潘芳格　　035

啟蒙　　037

森林歲月　　040

也許　　　　　　　　　　　　　　　　043

打開天窗——悼念龔顯榮詩兄　　　　045

華美轉身——永懷趙天儀教授　　　　047

看畫——臺灣，抽象時代林蒼鬱　　　049

你從未離開——懷念岩上主編　　　　051

輯二｜返回祖厝

聽鳥書房　　　　　　　　　　　　　056

返回祖厝　　　　　　　　　　　　　058

回家　　　　　　　　　　　　　　　060

一生　　　　　　　　　　　　　　　061

來去　　　　　　　　　　　　　　　063

鑽石婚　　　　　　　　　　　　　　065

噍吧哖遣悲懷——兼祭曾祖父　　　　069

時間沒有腳　　　　　　　　　　　　075

輕聲誦一部經　　　　　　　　　　　077

我在暗夜中趕路　　　　　　　　　　079

忘年老榕樹——西拉雅記詩　　　　　081

模範母親——予天堂ê媽媽　　　　　083

祭母　　　　　　　　　　　　　085

白色母親節　　　　　　　　　　088

抄經　　　　　　　　　　　　　090

輯三 | M型社會

揣袂著頭路　　　　　　　　　　094

夜店　　　　　　　　　　　　　096

反思八輕設廠　　　　　　　　　097

老農民的土地　　　　　　　　　100

抗議！有什麼用　　　　　　　　102

阿媽兮心──大埔暴力徵地事件　105

台灣農民　　　　　　　　　　　108

珍珠項鍊　　　　　　　　　　　109

虛擬　　　　　　　　　　　　　110

刪除　　　　　　　　　　　　　112

名牌包　　　　　　　　　　　　114

驟雨　　　　　　　　　　　　　116

種民宿　　　　　　　　　　　　117

M型社會　　　　　　　　　　　119

抗議即景 122
咖啡豆的光與影 124
農民有話欲講 127
香蕉毋捌政治 130
那個人 133

輯四 驚動全世界的眼睛

台灣兮名 136
蕃薯 138
蕃薯國 140
網路世代vs國家暴力 142
黑潮怒吼 145
斷腳的樂師 148
被關的台灣畫眉 150
惡鄰居 152
被消失 155
看不到彼此 158
驚動全世界的眼睛 160
運動會 163

入冬以後的壁虎　　　　　165

國家隊　　　　　　　　　167

隱匿　　　　　　　　　　169

輯五｜毒——害台灣

控土窯　　　　　　　　　172

十字路口　　　　　　　　173

贗酒　　　　　　　　　　174

再到金門　　　　　　　　175

尋找遺書　　　　　　　　177

二四〇榴彈砲　　　　　　179

止痛藥　　　　　　　　　180

德興古厝群　　　　　　　181

食不安　　　　　　　　　183

主婦　　　　　　　　　　185

吃毒　　　　　　　　　　186

毒——害台灣　　　　　　188

病毒　　　　　　　　　　190

悲慘世界　　　　　　　　192

大數據　　　　　　　　　194

復工　　　　　　　　　　196

台幹心聲　　　　　　　　198

【後記】詩的因緣啟蒙　　　200

啟蒙

不死的靈魂
──追思前輩詩人錦連先生

每一次看見你撐持
久病衰弱的身體
以堅毅不屈的意志力
樂於看書、翻譯、寫作

北風呼嘯寒流南下
曬過辰時的暖陽
你彷彿預知自己將暫別人間
離開認識的親朋詩友

糾結的心更糾結
想起你們這一代詩人
曾一起堅持在常民的笠下
用詩戳破謊言抵抗霸權

將一生隱入詩句中
一次又一次讀你的詩
詩中隱喻的詩句
是不斷膨脹的語言

將在未來某天爆開
重啟新世界的亮光
光照範圍有多大
影響的力量就有多大

詩人在人間世
探索《海的起源》
海是你精神永恆的心念
蘊藏你永不竭盡的詩情

詩人不死的靈魂

猶探索《海的起源》

而你本身就是海

過去、現在、未來

你是海

海是你

化合為一

2013.4.15　《笠》詩刊294期

草屯詩人
──致岩上

草屯的早晨，你用太極拳
化開昨夜雨後的天空。

太極劍揮舞旋轉，
畫出圓滿人生。

太極氣功吸呼吸呼……
吐出體內積累的穢氣。

每天有恆的教學，
為生命注入源泉活水。

拿起毛筆懸腕提氣疾書，
宣紙上墨色還正喘息。

2013.8.15《笠》詩刊296期

草屯印象

採繪的路邊變電箱
矗立如碑石述說
歷史上的草鞋墩
在記憶裡歇息

你帶我們走進工藝館
常民生活所使用的器物
留下祖輩們雙手的溫度
正在我們眼前消失

簡單的常民飲食
古早味的芋頭粿、蚵仔爹、豬血湯
仍在草屯的榕樹下
感受不到速食店的競爭

2013.8.15《笠》詩刊296期

笠園玫瑰

來到關子嶺
想起笠園想起陳秀喜
社長和藹的聲音穿透時空
彷彿很近又很遙遠
用心種植笠園玫瑰
開詩之花

2013.8.30《鹽分地帶文學》47期

心象・未來
──題陳澄波畫作木材工廠

木材工廠巨大的煙囪撐起

嘉義的天空　工業化的象徵

排放黑煙強勢佔領

天空對比木材工廠龐然建物

看不見工人　工人在工廠裡

明亮的雲彩濡染詩意

他站在家鄉的鐵道旁

視點拉近同時拉遠

用自己獨特的表現方式

用生命深層的感動透過水彩

流露畫家心象世界的真

阿里山原木被鋸齒伐倒

在草地上分別躺成三堆

「木材工廠」見證那個時代

沿著鐵軌走向未來

未來　有許多夢與理想

留給畫面強力訴說

2014.5《澄海波瀾》陳澄波大展・台南市政府出版

釣者留詩名
──敬悼羅浪前輩

一壺酒，一竿身，世上如儂有幾人？
　　　　　　　　　──李煜〈漁父〉

酒　燃燒
我　化為灰燼[1]

化為灰燼以後
以精神營養樹的意志
在虛空中吶喊
被壓制的憤怒[2]

長期戒嚴下
白色恐怖籠罩

---

[1]　羅浪詩〈酒與死〉末段
[2]　羅浪詩〈蘇鐵〉句

受驚的詩人
筆也跟著擱淺

一壺酒　一竿身
釣者的人生是非常嚴酷的[3]
堅持不肯吐露口風
連同詩的語字也一樣

兩年前的午後
聽你訴說戴斗笠的人生
岸邊的石頭最能體會
〈垂釣〉深刻如詩[4]

---

[3] 羅浪詩〈垂釣細語〉末句
[4] 〈羅浪詩文集〉有10首詩以垂釣為題

驚^動^眼睛

世上如儂有幾人
曾經拿在你手中的
骷髏頭　已化成
未來的巨樹

2015.6.15.《笠》詩刊307期

形影
——遙祭律師詩人莊柏林

三年前專程北上
找你拍詩人書房
你說：書房在律師事務所

驚見你變瘦弱的身體
才知不敵帕金森症
從略見遲緩的動作
猶半玩笑的跟我們計較
歲數，還不到八十哪！

在親朋好友哀悼的心中
搶眼的花圈花籃
歌功頌德的祭幛
蓋不住詩人的
詩魂　雲遊出去

叫喊：這些我不想要

我只想要化作《火鳳凰》
再為人權為民主辯護
再回學甲去看《故鄉的形影》[5]

　　　　　　　2015.12.15.《笠》詩刊303期

---

[5] 《火鳳凰》、《故鄉的形影》為莊柏林詩集

兩瓶醬油

兩瓶醬油，屏大純釀造
薄鹽的，比較健康
考量大家都有了年紀

爆出原味醬香
嗅到那消失在記憶裡
懷念的古早味

部份業者以低價
化學合成醬油
餵養外食族

朋友一週洗腎三次
開始懷疑自己常年外食
吃太多化學添加物

君不見醫院多麼擁擠
在食不安的恐懼中
純釀是護身符

附記：屏東大學「詩的座談會」，會後教授們送笠詩人每
　　　人兩瓶醬油，以詩誌之。

2016.2.15.《笠》詩刊311期

神聽見了
──致前輩詩人杜潘芳格

神聽見了
神真的召喚妳
去天堂唸妳的詩
與杜醫師相見

爽朗笑聲今猶在
去妳書房拍照時
妳從許多的照片
回憶一生的幸福

詩像穿窗的陽光
緊緊抱住妳溫暖妳
從許多的獎牌肯定
這一生有詩相伴

驚動^的_眼睛

看見妳不良於行
直說：不能下樓，很抱歉
我們心疼卻無能為力
如今妳在永恆的國度

妳心中永恆的主擁抱妳
杜醫師也擁抱妳
我們重讀妳的詩
永遠想念妳

2016.4.15.《笠》詩刊312期

啟蒙

用你的生花妙筆，寫下你燦爛的人生。
　　　　　　　　——楊伯霖老師題字

老師教我們寫作文
把字種在方格子裡
等待鳳凰花開
初中聯考時收割成績

握著這枝啟蒙之筆
面對知識的浩瀚
我寫下數百首詩
記錄人生的真實

五十年後同學們相見
名字卻想不起來

畢業照片裡童稚的臉
問誰還能記得童言豪語

經過時間長河洗禮
白髮染黑也不再年輕
人生難得相聚敘情
相聚難得暢懷大笑

命運彷彿有定數因果
大家都已成功　成公　成婆
在半世紀人生奮鬥過後
記得：身體健康呷百二

附記：
1.謹以感恩的心寫下此詩，祝賀楊老師八十壽而康。

2.我們這一班1966年小學畢業，同時紀念50年後相見歡同
　學會。

　　　　　　　　2016.8.15.《笠》詩刊314期

森林歲月

黎明時光線穿透森林
樹影與樹影互相牽手
朦朧的氛圍最易勾起回憶
似曾相識的名字
長相已經拼湊不出來

我們相約台江泮尋找印記
當年青春血脈奔流有聲
光影交錯的台江內海
映現人文歷史的深度
湧動藝術創作的廣度

我們航行在綠色隧道
再度觸及森林深處
永無止盡的創作母河

承載一生的因緣
以行動守護這片土地

用詩文記錄社會變遷
用鏡頭留住滄桑記憶
用畫筆揮灑人生色彩
用泥土形塑生活百態
用刻刀雕琢人性明暗

我們用手觸探潮水溫度
肉體猛烈顫抖
在渡船過處的波紋裡
歷史事件的冷血無情
全部從沉睡中驚醒

驚動的眼睛

附記：2016年12月14日一群在七〇年代還不到20歲的森林詩
　　　社同仁林蒼鬱、林央敏、朱俊哲、顧德莎、李憲祈、
　　　李正益、李昌憲、謝振宗、郭秀端、黃文成、黃徙、蔡
　　　建發等人，失散四十多年後，奇妙的在台江泮相見歡。

　　　　　　　　　　2017.2.15.《笠》詩刊317期

也許

也許我們熱愛寫詩
也許對文學充滿願景
也許我們想共同努力
也許為青春留下記錄
也許我們如曇花乍現
啊！一群二十歲左右的青年
一切都是也許　也許　May be

青春期寫的抒情詩
字句間長滿青春痘
留在也許詩刊的青澀
詩篇經過四十年發酵
詩質　已淡如水
情懷　卻濃如蜜

相約梅山鄉竹林間的民宿

大家相聚品這一甕老酒

酒質濃醇

情誼回甘

盡興酣暢在雨夜

歡悅飛舞的螢火蟲

跟我們一起酩酊

附記：森林詩社，1974年10月出版《也許》詩刊第0期，
　　　1974年3月出版第1期，1974年9月出版第3期後停
　　　刊，我把全部4期捐贈靜宜大學。

2017.6.15.《笠》詩刊319期

打開天窗
——悼念龔顯榮詩兄

打開天窗
把生前凝望的
黑暗全部帶走
在黎明之前
你的病苦消失

許多年前在你的書房談詩
看見你用布料蓋住，不使惹塵埃
所珍藏讀過的古本線裝佛學書籍
談起你在廣播電臺
用台語講：般若波羅蜜多心經
錄製成CD，送給有緣人[6]

---

[6]　《般若波羅蜜多心經淺釋》龔顯榮（羅馬）居士講錄（1990
　　台南勝利電台廣播節目）

再帶我上頂樓
清靜莊嚴的佛堂
是你早課與晚課
虔誠禮佛的身影
猶在目在耳在心

如是聽聞
你靈魂成佛去了
去向無量光無量壽
永恆的極樂世界
是你皈依之所

2019.10.15.《笠》詩刊333期

華美轉身
——永懷趙天儀教授

華美轉身的您
離開人間的紛擾
離開病痛與苦難
輕鬆御風而行

2019年笠詩社年會在台北
兒子推輪椅帶您進來
您意志堅定拿起麥克風
以創刊發起人講幾句話
合照成為永恆的追思

您一生都在追求詩的真與美
華美轉身之後
猶在諄諄叮嚀我們
詩藝術的追求永無止境

詩是真與美的永恆

您撒下許多詩的種子
有些成為兒童的歡歌
有些成為詩壇的養份
終將萌芽在台灣詩時代

2020.5.19寫

附記：我永遠感謝您，在剛踏入詩壇，1981年為第一本詩
　　　集《加工區詩抄》寫序。

2020.6.15.《笠》詩刊337期

看畫
──臺灣，抽象時代林蒼鬱

經典在成長期的時間序列
緩慢沁入你的血液
靜坐沈澱後的清淨
心無罣礙　空白　壯闊

你用萬有色調詮釋
人生歷程的流浪與棲止
生命情調的抽象符碼
猛然揮灑在畫布上

色調奔放飛躍
如詩，在虛空中傳
如歌，在飛天中唱

天女散花般遍照

星光折射的天宇
燦亮抽象的時空

2020.6.15.《笠》詩刊337期

你從未離開
——懷念岩上主編

看到facebook你的新書發表會

怎麼變成仙風道骨

北部南部同仁相約

在台中會合後去看你

驚訝於你女兒又在facebook

發佈你已離開大家

安詳到一個無病苦的

田園看花，也許繼續寫

詩，無法再投給《笠》詩刊

不能見最後一面

同仁們依舊相約

送你最後一程

等待公祭的時間裡

想起編輯《笠》詩刊期間

你負責約稿審稿
我執行內容編排
稿件用掛號往返
合作無間只為如期出刊

你等我，寄回
我等你，寄回
直到電話確認
你去查，已簽收！
可是你並未簽收？
校對稿及原稿全部遺失
再列印打字稿
逐字句掃讀
我們還是順利出刊

像運動會接力賽
主編，一棒接一棒
任務，一任接一任
如今，這一棒在我手中
我也期許在適當時機
交棒，給更年輕者

司儀終於叫《笠》詩社
同仁們最後與你道別
許多詩友文友與你道別
你在一個無病苦的世界
詩，從未離開你
你，從未離開詩

2020.10.15 《笠》詩刊339期

驚動的眼睛

返回祖厝

聽鳥書房

聽鳥書房，只數坪空間
卻收藏許多我的舊愛
年輕時讀的新書
現在已然成為舊書
年輕時辦的詩刊
現在已經成為史料

在書房看書，累了就睡
這裡不用鬧鐘，不必貪睡提醒
每天曙光乍現就聽見
小時候就相識的山鳥
迫不及待飛到窗外枝頭
歌唱，喚醒我內心深處
渴望的自由自在

又到鳥類繁殖季節
成群白頭翁追逐談情
麻雀在屋角吵鬧戲愛
台灣畫眉展開求偶對唱
聆聽鳥聲交響的早晨
書房充滿幸福

　　　　　2010.10.15 《笠》詩刊279期

返回祖厝

退休後返回祖厝
走在熟悉的蜿蜒山路
恰似真實人生時起時伏

停下來喘氣休息一下
讓身心運作順應自然
回到生命原始狀態

有一種微妙的感知
嶄新體驗大自然
道在身上流動

啊！道法自然
永不止息的萬有生命
組成大自然的和諧樂音

人在山中，道在身上流
路還有多長？我不知
還要走多久？我不知

就讓未來的人生快樂過
放慢步調回祖厝
人生總要返本源

2010.10.15 《笠》詩刊279期

回家

點亮一盞燈
　　營造空間的一種氛圍
開啟一扇窗
　　接入陽台的一片綠意
沖泡一壺茶
　　沉澱心情與啟迪心靈
聊生活趣事
　　笑聲釋放生活的皺紋
躺在雙人床
　　休息是最溫和的補藥

2013.09《台灣現代詩》35期

一生

獨自在書房坐很久了
關掉電燈來到庭院
立即享有這樣空寂的月光

時而柔淡如水
時而清明如鏡
心如水而無波紋
月如鏡清楚映照
這短暫一生

山中秋月無污染
心如蓮花開
月如蓮花落

時間無聲
一生來去

2014.02.15.《笠》詩刊299期

來去

我半夢半醒
候鳥在空中互相呼應
是飛來？還是離去？

剛才那叫聲，是什麼鳥？
成何種隊形？飛向何方？
想不起來的名字
是前生？是今世？

寅時竹林間鳥聲喧嘩
呼來　喚去　彼岸
我早被吵醒只是不想起床
半夢半醒的寫下這些詩

卯時太陽越過竹梢

晨光千千萬萬
彷彿有千千萬萬
菩薩放光說法

2014.02.15.《笠》詩刊299期

鑽石婚

兩個老人一前一後
他頻頻回頭望她
她有嚴重的脊椎側彎
握手杖緩慢行走
他沒有習慣牽她的手
她也不好意思叫他等一下
一前一後走向頒獎台

已經有許多對老人上台
他們都是第一次在台上
站立不安的等待
重陽節鑽石婚楷模表揚
主持人調侃這些老夫老妻
結婚六十年怎麼都沒牽手
現在開始牽手喔

台下響起熱烈掌聲

記憶恍若穿透時空
回到五、六十年前
那艱困的年代
五個小孩相繼出生
他離開公所的工作
繼承祖傳的農地
有播種不一定有收成

日出而作日落有時不得休息
兩個人共同承擔生活的重擔
拼命農作也不能改變眼前
滿園被颱風攔腰折損的香蕉
他總是調侃自己

說　人兩腳錢四腳
除了暗自嘆氣還是要面對
五個小孩的學雜費與生活開銷
經濟的壓力與精神的壓力

看著兩個共同走過六十年的老人
從頒獎者手中接受獎牌
台下觀禮的我們感動的淚水
跨越過成長與求學的每個階段
在眼眶裡跟隨記憶盤旋
不敢對著眾多熟識的人掉淚

我側著頭向坐在旁邊的弟弟
說　我彷彿聽到媽媽生你時
正是秋天曬穀入倉的黃昏

那幾聲嬰兒的啼哭很深刻
才幾歲的我害怕而跌倒
至今仍然在耳朵嘹亮
家己跋倒家己peh起來

兩個老人一前一後回到座位
鑽石婚楷模的獎牌沒有鑽石
他們結婚也沒有鑽石可戴
同甘共苦的漫長歲月
此刻　像鑽石般璀璨
閃爍的星光　永遠
在子女們及孫子們心底

2018.2.15.《笠》詩刊323期

噍吧哖遣悲懷
——兼祭曾祖父

· 1

參觀噍吧哖紀念館
看到那些久遠的判決文件
心頭像一塊冷冰冰的墓牌
壓著

從有記憶的童年
清明節掃墓
曾祖母就一直不跟我們去
掃墓　怕掃起殘酷的
心靈深處那驚恐無依的
痛苦

疑問

從小在心裡糾結

為何鄰居親族家裡

也沒有曾祖父

只有曾祖母

小小年紀聽不懂

噍吧哖事件

・2

殉難的曾祖父啊

面對折磨與死亡

只有噍吧哖的英靈們

看見你的手被綑綁在身後

日本人拿起武士刀

左邊一顆人頭落地

右邊一顆人頭落地

噍吧哖的英靈們
一聲聲慘叫震動土地
血流成溝渠腥臭
怨氣與仇恨難消[1]
猶在報復

---

[1] 噍吧哖事件的受難者，怨氣與仇恨難消，在成長過程中，聽大廟乩童出來說：某人病變是因受難者的報復，因為他去告密，許多人因此被殺。連地方官也出事，所以在現今南化區設立「噍吧哖起義抗日烈士紀念碑」，在玉井虎頭山設立「抗日烈士余清芳紀念碑」，在玉井國小萬人塚附近增建一座「噍吧哖紀念公園」。而當時起義的地點在現今南化區、玉井區等地方設有「忠烈廟」、「懷恩堂」等奉祀革命義士的神位。台南民間也私設有「西來庵噍吧哖紀念館」的宮廟，近年台南市政府文化局，將以前玉井糖廠的招待所等建物保留並修建為「噍吧哖事件紀念園區」內有「噍吧哖事件紀念館」。

那些告密者
那些殺人罪魁
至今一百多年了

清國割讓台灣澎湖給日本
台灣人無法忍受殘暴統治
群情激憤抗暴政
演變成噍吧哖事件
日本人大舉屠殺男丁
荒謬殘忍的悲劇
至今一百多年了

中國說：台灣屬於中國
強權製造假新聞
二十一世紀的荒謬劇

越演越荒腔走板
至今一百多年了
台灣沒有向中國納稅
台灣人說：台灣不屬於中國

．3

祖父跟我說：
噍吧哖事件那年
他只有二歲
爸爸被日本人抓走
就一直沒回來過
後來領回屍骨
晚上偷偷埋葬

記得小時候
曾祖母跟我說：
你曾祖父出去都沒交待……
被日本人抓走
就一直沒回來過
我死後要去找他

殉難的曾祖父啊！
曾祖母有找到你嗎？
今天是五月節
你的子孫們
備辦豐富肉粽水果
你們要回來過五月節喔

2018.8.15.《笠》詩刊326期

時間沒有腳

時間
沒有腳
越走越快

生命
剩下的
越來越少

參加同學會
唉！人數
一年一年少

時間
在生命邊緣
舞蹈

生命
在時間邊緣
掙扎

　　　　　　　　2018.10.15.《笠》詩刊327期

輕聲誦一部經

輕聲誦一部經
歡喜心充滿
淚在眼眶打轉

聲音沉沒無聲
無聲寓於無形
淚在時空中蒸發

人世間的樂喜怒哀
在虛空中隨緣碰撞
千百年來幾人看透

人生路崎嶇難行
縱使一步一腳印
問誰能夠留下足跡

驚_動_的_眼睛

輕聲誦一部經

人生　一切有為法

來去　如露亦如電[2]

沒有什麼叫做偉大

沒有什麼叫做永恆

一切終將被火燃燼

　　　　　　　2018.10.15.《笠》詩刊327期

―――――――――

[2]　語出金剛經四偈句

我在暗夜中趕路

閃電照亮黑暗某處
緊接著打雷聲
引動滂沱大雨
我在暗夜中趕路

閃亮只是瞬間
上下左右前後
盡是無邊黑暗
我在暗夜中趕路

閃電過後整條公路
前後看不到車燈
陷入完全隔絕的狀態
我在暗夜中趕路

驚動的眼睛

雖然早已習慣孤獨
此時深處的孤獨感轉換
升起恐懼感
我在暗夜中趕路

只有車燈照亮公路
全神專注握方向盤
要回到可以安住的家
我在暗夜中趕路

一個意念緊緊
接著一個意念
要回到可以安住的家
我在暗夜中趕路

2019.2.15.《笠》詩刊329期

忘年老榕樹
——西拉雅記詩

忘年老榕樹永遠不老
每年依舊抽芽展新枝葉
今人不清楚它的年紀
榕樹下的土地公知道
卻一句話也不肯透露

它是五房聚落
永遠的守護神
傳承登記在我名下
這一方小小的土地
是老榕樹永遠的家

世代祖先在這裡生活
卻抵擋不住社會變遷
後代子孫外移都市

小時候聽的口傳歷史
將逐漸被遺忘

聚落留下的人文事蹟
終將灰飛湮滅
如同有一天
我也被燒成灰
被老榕樹遺忘

榕樹下的土地公守護
這裡的土地與房舍
也許淹沒在時間長河
鳥兒依舊來樹上築巢
忘年老榕樹永遠不老

2019.2.15.《笠》詩刊329期

模範母親
——予天堂ê媽媽

1998年5月母親節
模範母親表揚會場
媽媽　妳第一改徛佇台頂
頒獎者將「弘揚母教」牌匾
頒予妳，妳誠歡喜

台下觀禮兮囡仔佮媳婦、孫仔
感動的目屎，佇目眶內
忍袂牢，偷偷滴落來
連媳婦攏呵咾
妳真正是好媽媽

想起五、六十年前
是物資困難兮時代
媽媽妳連續生了五個囡仔
讀冊佮成長兮階段

面對學雜費佮生活開銷兮壓力
妳承擔重擔

等佮阮攏大漢，出外賺食
結婚或是嫁出了後，離開祖厝
跕佇外面買厝
過年過節，大家攏轉來團圓
昧離開厝兮時，你攏兮問：啥物時陣欲閣轉來？

今日以後，阮心裡知影
妳袂閣再問阮：啥物時陣欲閣轉來？
阮嘛會遵照妳兮交待，照顧爸爸
因為阮永遠是妳兮囝仔

2020.4.15.《笠》336期

祭母

過年·進前無偌久，媽媽，妳叫我載妳去郵局，共定
存領出來，
我講：媽媽，妳留落來家己用。
妳應：我用無遮濟啦！
妳欲予妳兮內孫佮孫新婦、外孫嘛有，
妳愛偲去買金鍊子，穿予婿婿。
過年前，妳閣共我講，去郵局共活期領出來，
交待我訂一桌過年圍爐兮年菜，
叫新婦去訂兩桌，初二欲請女婿。
過年，大細漢攏轉來，妳誠歡喜，精神嘛真好；
初四，阿舅佮親戚朋友來厝行春，妳嘛誠歡喜。

雖然，妳行路閣較慢、閣較喘，醫生嘛交待阮愛
注意。
哪會知，正月初八丑時，寒流當冷兮半暝，

睏眠中，妳啥物攏無交待，倒落來。

等阮兄弟佮妳e新婦攏趕到厝，妳面容安祥睏佇大廳，

阮安怎叫媽媽，媽媽妳攏袂閣再應阮，

等到天光，等到兩個小妹轉來，叫媽媽，妳全款無閣再應。

啊！親愛兮媽媽，阮隨侍佇妳身邊，念南無觀世音菩薩，

希望神佛煮妳去無病痛兮西方極樂世界。

啊！親愛兮媽媽，妳猶原未放心，委託乩童交待阮兄弟姊妹。

妳甘願欲土葬，阮已經攏遵照妳兮交代辦理。

今日以後，妳甘願睏佇塗跤，有日頭佮天星陪伴妳。

雖然妳的身軀離開阮，妳的形影永遠踮佇阮兮心內。

親愛的媽媽／妳是阮永遠兮愛／永遠兮懷念。

親愛的媽媽／妳是阮永遠兮愛／永遠兮懷念。

2020.4.15.《笠》詩刊336期

白色母親節

今年母親節
跟以前一樣訂桌
卻把整桌放在大廳
加上六個紅圓一個發粿
妳百日祭的敬品

你的子孫們都回來
跟以前一樣聚會
妳不再切母親節蛋糕
看著牆上的照片
追思復追思

母愛的海洋
在心中劇烈翻湧

我恭敬用朱墨抄寫的心經
子孫們手摺許多的蓮花座
隨著思念化入火光中
虛空而永恆追思的
白色母親節

2020.6.15.《笠》詩刊337期

抄經

朱墨吞吐新鮮血液
筆優雅步履白紙
恭敬抄寫心經

經文裡二十一個
無
無所不在的佈滿
心的宇宙

今生是否能夠妙悟
無
喚醒
我

把人生抄入

空格
靈魂在虛空中
呼叫

六十六載人生匆匆過
已知有一天終將被遺忘
現在開始學習
放下

心的宇宙遍佈
空
無

2020.6.15.《笠》詩刊337期

驚動的眼睛

M型社會

揣袂著頭路

揣袂著頭路
這濟失業的人
生活越來越歹過
時勢越來越坎坷

四界揣無頭路
無錢予囡仔註冊
小百姓攏是按呢
痛苦無人知

畫大餅
予大官騙慣勢
一遍閣一遍

即時發消費券

哪有啥路用
阮欲的是有頭路
有固定的收入

2009.5.《掌門詩學》55期

夜店

奢華的燈色
伸出萬千觸手
挑逗不安的心跳

追求感官刺激的男女
被強力吸引
這致命的蜜糖區

逃不出去
浪漫的氛圍
誘惑隨時上身

夜已深了
還綿密複製
夜店的不夜

2010.9.25 《台灣現代詩》23期

反思八輕設廠

部長說：乙烯一定要做到自給自足

　　　　國光石化若是不做

　　　　全台將在二零一五年發生石化產品大缺貨

反　思：台灣要繼續發展石化產業嗎

　　　　台灣的原油幾乎全部仰賴進口

　　　　台灣整體石化產品一半以上外銷

　　　　其中有四分之三輸往中國大陸

　　　　台灣成為中國大陸的石化代工廠

　　　　業者擴廠大賺黑金

　　　　製造污染由全民承受

官員說：六輕連續爆炸起火燃燒

　　　　是非系統性問題

反　思：非系統性問題
則是系統性問題
是名系統性問題

系統性問題
要用系統思考

來自地底的黑色燃料
石油　污染了全世界
煤炭　污染了全世界
地球已經面目全非
台灣污染已很嚴重
人民抗議抗爭不停

反　思：六輕數百支的煙囪群
　　　　成為台灣的新地標

　　　台灣海峽航行的船隻
　　　遠遠就可望見

　　　我不相信台灣人民會喜歡
　　　再加上八輕煙囪群
　　　成為台灣超級新地標
　　　讓全世界都看得見
　　　台灣的煙囪排放巨量二氧化碳

居民日夜在廢氣中
長期在恐懼中生活
無力護衛自己的生命財產
石化產業的煙囪群
人民有真正的需要嗎

　　　　　　　　　2010.12《台灣現代詩》24期

老農民的土地

老農民想也沒想到
祖先留下來的
代代傳承的土地
要被強勢徵收

溝通協調未達成共識
就濫用公權力
推土機怪手暴力摧毀
農田裡稻子吐穗結實
稻子沒有存活的權利
老農民沒有收割的權利

官員警察一齊來
名為執行公權力
實際是保護財團

反而罵起老農民
如果妨礙公務
就抓起來訴請法辦

老農民想到
代代傳承的土地
在自己這一代沒有了
內心就不停滴血

處處弱勢的老農民
為什麼總是被犧牲
老農民舉白布條抗議
抗議！有什麼用

2010.12.15.《笠》詩刊280期

抗議！有什麼用

抗議！有什麼用
農民的喉嚨都沙啞了
農民的眼淚都流乾了
土地再也喚不回

抗議！有什麼用
執政者霸權心態復辟
神經早已麻痺
到場只會說場面話

抗議！有什麼用
不願聽到農民的心聲
裝著聽到人民的聲音
事實不聽人民的聲音

抗議！有什麼用
瓜果腐爛滿園
養魚池魚翻白肚
雞鴨死亡原因查無

抗議！有什麼用
每次都說為了發展經濟
護航讓財團蓋工廠
讓工安環保事件繼續上演

抗議！有什麼用
換來衝突流血
換來棍棒侍候
換來牢獄之災

抗議！有什麼用
大埔農民抗議無效
六輕居民抗議無效
霸權心態已經復辟了

　　　　　　　　　　2010.12.15.《笠》詩刊280期

阿媽兮心
——大埔暴力徵地事件

阿媽看見怪手開到播稻仔兮田園
用暴力對付抽穗弄花兮
稻叢，被連根鏟除

閣等無偌久就會凍收成
為啥物袂使等
阿媽非常兮傷心
罵這款鴨霸兮政府
飼這陣官員胡亂來
造這款無天良兮業
煞來圈地強制徵收
阿媽兮心親像滴血
像攑刀割伊兮肉

阿媽想起這世人

倚靠兮這片土地
向望土地兮信仰
代代傳承土地兮使用權
從此永遠失去
阿媽一世人信靠兮土地
勤勞打拼兮生活方式去了了矣
生命兮價值一目瞤仔崩盤
做人兮尊嚴予人作跤踏
活著有啥物意義

政府官員佇辦公室吹冷氣
聽到家己結束生命兮
阿媽今仔日出山
說啥物也愛閃避
想起農曆七月時

阿媽啥物時陣會轉來

欲討伊兮土地

　　　　　　2010.8.20轉來農村佇祖厝寫
　　　　　　2010.12.15.《笠》詩刊280期

台灣農民

世代的台灣農民
只單純期待
有人來關心
農民的生存問題

等待得太久了
耐操的台灣農民
老的老、死的死
沒有人願意接棒

一次又一次被犧牲
耐操的台灣農民
不耐煩的等待
再一次改朝換代

2012.6.25.《台灣現代詩》30期

珍珠項鍊

珍珠貝被人類粗暴剖開
取出發亮的珍珠

新鮮的珍珠項鍊
戴在女人的頸項

珍珠貝對她說
在妳頸項發亮是我的權利

2013.09《台灣現代詩》35期

虛擬

虛擬的世界
虛擬的認識
虛擬的對談
虛擬的交際
虛擬的情人

隨時可以建構
隨時準備交友
隨時準備回應
隨時準備封鎖
隨時可以解構

信靠智慧手機
以為一指可以
搞定生活

熱衷網路團購
沉迷網路遊戲

現實，又亂又煩
低頭滑手機
把自己囚禁
網來、網去
網不住生活的魚

　　　　　　2014.06.15.《笠》詩刊301期

刪除

來自網路世界的電話
充滿溫意的聲音
挑動他寂寞的心跳

照片實在引人遐思
夜裡血脈翻湧
情緒難奈的煎熬
等待下半夜燃燒

他滑動手指
匯款入指定帳戶
她不再賴來、賴去
先封鎖、再刪除

失去存款

彷彿失去一切

他從網路世界

把自己的名字，刪除。

2014.06.15.《笠》詩刊301期

名牌包

燈光燦亮的商店街
高高低低的招牌　販賣
真真假假的名牌

愛比較　愛比價　愛殺價
女人來回搜尋　總覺得
自己少一個名牌包
拎在手上　炫耀

女人　乾旱已久
男人　饑渴濡沐
跟在身邊東張西望
隨時準備晚上用箭

胸對著胸　露出事業線

眼照著眼　時間有限
心惦著心　金錢無上限

奢華買下
打開皮包拉鏈　赫然
有好幾隻鱷魚　尾巴
還在動　垂死前掙扎

2015.08.15.《笠》詩刊308期

驟雨

驟雨把所有行人
眼睛收集在百貨公司

透明的精品展示櫥窗
誘惑出慾望

嘆氣夾雜雷聲
淚珠瞬間滂沱

2017.08.15.《笠》詩刊320期

種民宿

遠望清境農場
山頭曾經種植的蔬果
被怪手強力破壞撕毀
土地改種一棟一棟民宿
邊坡上龐大的建築量體
聽不見山下溪流的警告

近看每棟民宿互相競爭
冠上熟悉的國外地名
自作浪漫頂著天空
自顧超過限度開發
面對龜裂的擋土牆
暴風雨來時能撐得住嗎

別以為專家警告或

新聞報導都是胡言亂語
業者在懸崖上軋錢
種民宿猛投資
拚外觀比裝潢
官員們視若不見

電視新聞的現場報導
看見土石流襲擊
建築物滑入激流中
滾動　怒吼　解體
摧毀發財夢　在黑夜
大崩壞　聳動的形容
別以為那是胡言亂語

2017.12.15.《笠》詩刊322期

M型社會

M型社會
新奢華行銷戰
正式開打

百貨公司週年慶
一樓的化妝品專櫃
女人推擠女人
熱烈搶購化妝品
女人與女人互相白眼

女人習慣
以化妝品堆疊假面
企圖隱藏真面目
偽裝實際年齡
不敢素顏

星級國際觀光飯店
推出豪奢套裝行程
強調享受頂級美食，同時
暢遊港都，夜遊愛河
旅客排隊等候Check in

各色人種一樣怕熱
強大的冷氣空調化不開
過度肥胖與高血壓指數
升高二十一世紀的暖化災難

低薪族群在路旁等公車
低頭滑手機聽音樂

希望能讓自己

多一點點快樂

　　　　　2018.10.15.《笠》詩刊327期

　　2019年6月獲選入《2018台灣現代詩選》

抗議即景

白頭翁南北串聯
呼朋引伴
強勢煽動

附庸的抗議群眾
拿著大聲公
沿途喧嘩

白頭翁佔據道路
不理會造成
上班族遲到

附庸的抗議群眾
停留路旁吃食物
等著領車馬費?!

白頭翁自己飽足
不理會社會觀感
現場處處留下垃圾

附庸的抗議群眾
開始推擠
大聲叫囂

訴求不被接受
警方數度舉牌
強勢驅散

2018.10.15.《笠》詩刊327期

咖啡豆的光與影

咖啡豆的光與影
由烘焙時間決定
淺、中、深的光澤
暗藏多層次的
香味密碼

人手一杯咖啡
看見連鎖咖啡店
瀰漫咖啡豆戰爭
在商人與商人間
在國家與國家間

人手一杯咖啡
看不見咖啡的暗影
產地農民辛苦流汗

商人以利益誘惑威脅
壓榨貧窮國家的勞力

想及遙遠的衣索匹亞
黑童　手採紅色果實
黑瞳　眼睜睜
命運無力改變

被商人長期壟斷控制
咖啡豆脫殼而出
兩片子實體
承載人性的
光明與黑暗

咖啡豆的光與影

由人類的愛決定
淺、中、深的光澤是
上天給人類的禮物？
人類下地獄的祭品！

2019.4.《文學台灣》110期

農民有話欲講

農民長期以來
辛苦種作無錢賺
流血流汗所有希望
變作政黨惡鬥兮犧牲品

答應農民兮價格
煞互恁囥佇褲袋內
掩嵌[1]產銷失能
予政治人物空喙哺舌[2]

喙瀾全泡開芭樂票[3]
時常予恁掃作堆兮

————————————
[1] 掩蓋
[2] 空口謊話
[3] 無法兌現的空頭支票

農民，一定愛用選票
決定：反盤[4]
無一定愛發大財

新出現的網路軍
慣習覕佇[5]暗兮所在
謊報價錢擾亂市場
予無辜無奈兮農民
傷心怨嘆

位古早以來
頭戴草笠兮農民
像落葉仝款

---

[4]　翻轉、翻盤
[5]　躲藏

予人掃做堆，放火燒

看著黑煙以前
欶血兮政客
驚惶　嗡嗡叫
離開現場

攏是關心家己權利兮
政客毋用心聽
哪有可能聽著
農民有話欲講

2019.10.15.《笠》詩刊333期

香蕉毋捌⁶政治

香蕉毋捌政治

芭樂毋捌政治

王梨毋捌政治

文旦毋捌政治

蜜棗毋捌政治

煞予愛造神的政治人物

相爭⁷扶請上貢桌

神明配合政治人物

媒體硬拗操作報導

看真濟攏啦　煞無意義

投票予伊兮選民

漸漸覺醒

---

⁶　不懂

⁷　爭相

真正看清

毋通閣來造勢跙踏
政治人物離開
媒體記者做伙離開
躘跤尾看鬧熱
五色十樣兮群眾嘛離開
留落來四界擲兮糞埽[8]
攑頭[9]變成疼痛兮空喙

毋捌政治兮香蕉
毋捌政治兮芭樂
毋捌政治兮王梨

---

[8] 垃圾
[9] 抬頭

毋捌政治兮文旦
毋捌政治兮蜜棗
予政治口號使弄
位神壇貢桌摔落來

真濟農民
辛酸徛佇現場
目屎流滿面
肉體袂堪得蹧躂
靈魂煞愛滴大筒射藥

2019.10.15.《笠》詩刊333期

那個人

那個人自稱詩人
拚命擠進來合照
告訴我：他也會寫
詩，要寄給我

至今
我一直在網路等待著

這社會爭名逐利
有人就愛附庸風雅
那個人請不要
對號入座

至今
我一直深深納悶著

那個人請不要
說：大家都黑你
是你親口說，是
自己口不擇言吧

至今
我也只能當作謊言

2020.2.15.《笠》詩刊335期

驚動全世界的眼睛

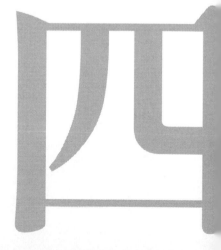

台灣兮名

手摸佇留落來這堵紅磚牆
想起三百八十外冬前
安平是一個小島

我踅[1]安平古堡三輾
四界揣袂著大員（Tayowan）[2]部落
平埔族留落來的腳印
只賭 漢人的海神媽祖
踮佇開台天后宮
香火猶原蓋興旺

荷蘭人來殖民以後
造作熱蘭遮城　後尾

---

[1]　繞
[2]　Tayowan（大員）為平埔族對安平最早的稱呼。

鄭成功趕走荷蘭人
改熱蘭遮城為台灣城
滿清設台灣府
閣改作台灣省

沙洲中的小島
大員（Tayowan）竟然變成
台灣的名

2009.5.《掌門詩學》55期

蕃薯

我將發芽的蕃薯
種佇北半球的碗公
看伊打拼發葉展藤
恬佇阮厝客廳生湠

雖然碗公唔是大片土地
唔閣土地小　有小的好
生活自由自在過

唔免驚別人恐嚇
唔免看別人目色
唔免去倚靠別人
唔免看新聞歹戲拖棚

蕃薯大家來種

等待時機

湶互開……

　　　　　　　　　　2009.03.06.高雄市觀海樓
　　　　　　　　　　2009.6.15.《笠》詩刊271期

蕃薯國

毋是時到時擔當
無米煮蕃薯箍湯

到都市趁食的人愈來愈欬[3]
田莊的土地休耕愈來愈濟

失業的人愈來愈濟
現此時倒轉去田莊
已經無田園通種作
哪有蕃薯箍湯

想起細漢的時陣
家家戶戶攏真散赤
三頓吃蕃薯配蕃薯葉

---

[3]　越來越擠

人人講家己是蕃薯國

台灣特有動植物證實
自冰河期以後
這塊蕃薯島就存在
踮佇太平洋島弧
像孤兒
無人愛閣予人嫌
蠻荒之地　化外之民

既然蕃薯國的歷史
真正這呢久
獨立存在是事實
為啥物蕃薯國毋通講

　　　　　　2010.6.15.《笠》詩刊277期

網路世代vs國家暴力

我們台灣的　網路世代的
學生們　持續
在冷風冷雨中
高喊：退回服貿！
捍衛民主！

我們焦慮的盯著
現場連線的電視報導
卻驚見警察手持棍棒
粗暴的毆傷學生
鮮血染紅了太陽花
這一夜　又一次
讓台灣人民　心　劇痛

是誰下令淨空驅離？

血與淚交織的夜晚
以行政暴力而冷血鎮壓
以警棍和七公斤的盾牌
以強力水柱瘋狂噴射
對付手無寸鐵的學生
以及走上街頭聲援的群眾

我們台灣的　網路世代的
學生們　用手中的
智慧型手機記錄這一切
統治者的猙獰殘酷恐怖
讓全世界的眼睛看見

學生們！請記住
你們不是統治者

你們是台灣的孩子

這一次你們用聲音訴求

血與淚將永遠烙印

如果這不是國家暴力！

什麼才叫做國家暴力！

學生們！請記住

你們是台灣的孩子

你們是台灣這塊島嶼

未來的希望

未來的領導者

有一天會交到你們手中

2014.04.15.《笠》詩刊300期

黑潮怒吼

我們台灣的　網路世代的
學生們　用電腦及
智慧型手機　號召
台灣人民穿黑衫上凱道

2014年3月30日
來自這塊島嶼各個角落的
學生、年輕的、中老年的
自動自發響應支持
凱達格蘭大道人潮
滿溢到周邊的道路
數十萬黑潮對著總統府
高喊：退回服貿！
　　　　捍衛民主！

我們台灣的　網路世代的
學生們善用電腦及
智慧型手機　雲端連線
即時口譯給全世界媒體
串連全世界的台灣留學生
讓太陽花學運訴求
在國際間遍地開花

政府官員躲起來
害怕圍起重層拒馬
的總統府，關上窗戶
聽不到黑潮怒吼
的聲音，閉眼、掩耳、抱頭
想像黑潮怒吼會過去

今天數十萬黑潮怒吼

寫下的歷史

黑得發亮　掃除黑箱惡黨

黑得發光　捍衛民主自由

我們看見希望

啊！在未來

大家一起用神聖的

選票　在自己手上

選舉新世代的民意代表

選舉新世代的領導者

讓台灣重新發光

希望在自己心上

2014.04.15.《笠》詩刊300期

斷腳的樂師

斷腳的樂師
席地而坐
兩人彈奏一人吟唱
柬埔寨特有的旋律

當地導遊說：
這些樂師肢體殘缺
都是被地雷炸傷

地雷，失去政權
同時失去記憶
埋藏在未知的土裡
至今仍有很多未清除

不知誰將誤觸引爆

死亡或肢體殘缺地活著
斷手斷腳是樂師
心中永遠的痛

2015.04.15.《笠》詩刊306期

被關的台灣畫眉

世世代代居住在島嶼上
許許多多的台灣畫眉
唱他們祖先的歌
聲音實在好聽
觸怒沙啞的當權者
莫名的被囚禁

被關的台灣畫眉
不知自己有什麼錯
既不參加抗議
也不聚眾遊行
卻被關在暗無天光
這麼窄小的籠子

仍保有天生好歌喉

一次又一次昂揚唱出

祖先的祈禱

要民主！

要自由！

直到聲嘶力竭

白頭翁逐戶探索

發現鐵窗內的鳥籠

高興跳上跳下叫著

黑色布幕內的畫眉回應

關下去！會死！

關下去！會死！

2018.6.15.《笠》詩刊325期

惡鄰居

惡鄰居越來越無理
要塗掉我們家的門牌
要在我們家門口放石頭
甚至警告其他鄰居
不可再跟我們交往

惡鄰居越來越無理
貪婪的眼睛無時無刻
覬覦我們家的土地所有權
對其他鄰居說：我們家的土地
是他的，是不可分割的一部份

惡鄰居越來越無理
讀歷史1895年4月17日
他們已經把我們割捨

像割除發炎的盲腸器官
我們家早已經不是你們的

惡鄰居越來越無理
表面說詞要讓利給我們
卻違背常識的文攻武嚇
全部鄰居都知道是謊言
心的距離越來越遠

惡鄰居越來越無理
用重金買通其他鄰居
友好鄰居紛紛見利忘義
我們當權及在野的政客
為什麼不理直氣壯直說

曾經友好的鄰居問我們
為什麼有四百年歷史
被割讓也一百二十多年
為什麼不取一個名字
台灣

　　　　　　　　　　2018.6.15.《笠》詩刊325期

被消失

港民知道現在不站出來
未來就沒有機會了
從早晨開始抗爭到黃昏
看見夕陽消失，恍若
民主、自由、人權消失！

堅定的意志並未止息
等待明天太陽升起！
看見警察手持武力
如果這不是政治暴力
什麼才是政治暴力！

抗爭的港民
看見港民在眼前
消失！這不是常識

是現在進行的陣勢

一起參加抗爭的
心理早有準備
爆發衝突
被補，被消失？

港民繼續被補
至於被關在哪裡？
媒體也不知道
不能問為什麼？
被補，被消失。
在哪裡被消失？

港民忘卻恐怖

早已不怕被消失
港民要繼續抗爭
要下架恐怖？
直到恐怖被消失。

2019.12.15.《笠》詩刊334期

看不到彼此

一國兩制
俯首在專制巨人下
以為可以受到庇護
說50年不變
說變──就變

百萬人走上抗爭之路
這是不得不的抉擇
民主、自由、法治的
天堂──香港
被政治黑手搗碎

不怕人臉辨識系統
處處監控錄影
儘管戴頭盔口罩遮面

還是抵擋不住催淚彈
鼻涕眼淚流滿臉

已經看不到彼此
明的來暗的也來
集權專制的政治黑手
正在操作
要除去民主自由的根

港民再三隔海隔空呼籲
提醒台灣居民
不要成為下一個香港

2019.12.15.《笠》詩刊334期

驚動全世界的眼睛

驚動全世界的眼睛
驚見抗議人潮溢滿
在車站在廣場在街道
百萬人一齊走

港民反送中行動
只有簡單訴求
卻一再被抵制被忽視
還是要大聲喊出

港民意識到
每一次呼喊
可能是
最後一次呼喊
未來

只剩下
喉嚨

看見手持盾牌武器
鎮暴部隊形成一堵人牆
重層擋住抗議人潮
街道上的招牌
臉紅

看到
抗議者在現場看不到的
真相
政客反向操作！
以為神不知鬼不覺
全被媒體記者攝錄

驚動全世界的眼睛
吐出全世界的唾液

2019.12.15.《笠》詩刊334期

運動會

和平鴿被釋放
走出囚籠
飛向自由的天空
找回家的方向

氣球同時被釋放
飛向自由的天空
而失去方向

觀看的群眾
開始焦慮不安
鼓譟同時比手畫腳

同樣站在自由台灣
有人要氣球飛向民主

有人要氣球飛向專制

住在台灣還唱衰
台灣，不是自己的家嗎
台灣，言論自由不好嗎

既然附和嚮往專制
就走吧！你走了
我們也不會相送

運動會是用選票
未來要看現在決定
氣球落在民主自由的土地
和平鴿回到民主自由的家

2020.2.15.《笠》詩刊335期

入冬以後的壁虎

入冬以後第一次下雨
冷到發抖得加厚衣
夢醒的時候，聽見
共處一室偷窺監視我的
壁虎，叫聲顫抖

想及沒衣服穿，這世界貧困區
大人小孩吃不飽、穿不暖
因寒冷而饑餓顫抖
更可怕的是指使者
在背後遠端監控

專制、暴力、戰爭
恐怖血腥的新聞報導
在顫抖中倖存下來的

大人與小孩在饑餓邊緣
垂死掙扎，每一天都是
生命中寒冷又恐懼的冬天

入冬以後的壁虎
是冷得叫聲顫抖？
是害怕得不敢出聲？
倒掛在天花板
壁虎！不要逃避
快出來！面對憤怒的群眾

2020.2.15.《笠》詩刊335期

國家隊

台灣長期被中共打壓
是WHO的孤兒
孤兒當自立自強
意識到只能靠自己

勿重蹈SARS的慘痛
對抗疫情視同作戰
政府超前部署成立
中央疫情指揮中心
由一群專家主導防疫

組成口罩生產國家隊
組成酒精生產國家隊
組成防護衣生產國家隊
組成篩檢試劑研發國家隊

組成疫苗研發國家隊
組成藥劑研發國家隊

疫情指揮中心與國家隊
讓台灣人心手相連
認同台灣抵抗疫病
雖有恐懼但能安心
在台灣母親懷抱

2020.4.15.《笠》詩刊336期

隱匿

歌功頌德是習慣
隱匿疫情也是習慣
生性喜歡隱匿，還要
WHO配合演出

一再隱匿疫情
一再配合演出
讓許多WHO會員國
失去警覺心

集權下的億萬人民
為了活命為了復工
無奈開始配合隱匿
病例數被懷疑造假

荒腔走板的隱匿
讓全世界大爆發
面對武漢肺炎荒謬劇
國與國互相封鎖

2020.4.15.《笠》詩刊336期

毒──害台灣

控土窯

火愈燒愈旺
土塊已燒紅
溫度必定夠

蕃薯放入窯
芋頭放入窯
經過同樣時間

有些熟
有些不熟
有些燒焦

靠在一起，不熟
不靠在一起，燒焦
若即若離，剛好

2011.9.25 《台灣現代詩》27期

十字路口

停在十字路口等紅燈

街道人潮來去匆匆

終於知道該走的路

堅持民主自由

方向不要走錯

2012.12.25 《台灣現代詩》32期

贋酒

僅只是一瓶贋酒
喝了你就知道
莫名的痛苦達到臨界

釀造過程未深思熟慮
不怕失信於民
只怕搶不到功勞

油電雙漲入不敷出
推證所稅股市大跌
多少家庭陷入困境

聽見那些朋友相聚
痛罵自己眼睛要瞎了
僅只是喝到贋酒而已

2012.12.25 《台灣現代詩》32期

再到金門

全島的防線撤除
就此自廢武功
金門現在開放觀光
歡迎陸客

海防的碉堡崗哨消失
在怪手的揮舞下
趕建一條環島車道
四面八方隨時可上岸
再建一條快速道路
迎接蜂擁而至的

陸客
大聲喧嘩踩踏
在此犧牲生命的

苦難的靈魂被干擾

每一寸曾經歷砲火

土地也開始喊

痛！

2013.10.《文學台灣》88期

尋找遺書

一群友人相約到金門
尋找遺書
追憶戰爭意象

一九七五年四月五日
早點名連長宣布備戰
輔導長監督我們
寫遺書要簽名蓋手印
剪一束頭髮十個指甲
交一件已穿過的衣服
裝入一個公文袋封存　然後
寫上軍籍號碼姓名出生年月日

當日在小徑某碉堡
繳交　近四十年了

何處尋找遺書

眼前盡是廢棄景物
連集合場雜草叢生碉堡剷平
往師部坑道的路隱沒樹林中
沒有人找到遺書

2013.10.《文學台灣》88期

二四〇榴彈砲

聽聞你很威猛
卻躲藏在碉堡
用這麼粗壯的砲管
對著天空
不再發言

2013.10.《文學台灣》88期

止痛藥

失業率又攀升
生活陷入困境
彩色人生變黑白
吃一粒止痛藥
暫時忘記失業
生活的苦
痛，持續

選舉諾言跳票
政策嚴重偏斜
未來徬徨無助
吃一粒止痛藥
暫時忘記歷史
傷口的痛
苦，持續

2014.08.15.《笠》詩刊302期

德興古厝群

古厝群中某廳堂
許多臉譜溶解
在年久失修的牆上
等待失憶的子孫

長這麼高的楝樹
正等待綁掃帚的傳承
年輕人上班去了
聽那老嫗訴說流轉歲月

孤獨行走屋脊上
貓以晦澀的目光
仔細打量　我們

內心正衝突不已

突然喵！一聲長叫
穿窗而入廳堂

2014.12.15.《笠》詩刊304期

食不安

上班族從工作中抽離
又陷入午餐不知吃什麼
已走過幾條街
摘下太陽眼鏡仔細看

心理上還是怪怪的
想到都會噁心嘔吐
卻吐不出來
留在體內惡作劇

肚子餓得咕嚕叫
時間急促的呼喊
吃的欲望死滅

食安問題　　那恐懼

食在不安的情緒揚起
不知吃什麼的悲哀

2014.12.15.《笠》詩刊304期

主婦

不知情的主婦

洗米煮飯　台灣米摻越南米

倒油炒菜　橄欖油摻餿水油

醬油魯肉　化學合成非釀造

以醋調味　醋酸稀釋加調味

飯後飲茶　台灣茶混越南茶

知情的主婦

淚眼汪汪

精神崩潰呼喊

一直向家人對不起

買到假的有毒的食物

煮給家人吃這麼久

2014.12.15.《笠》詩刊304期

吃毒

吸毒會被判刑被關被勒戒
賣有毒食物的人呢
讓全部台灣人吃毒

前天剛吃下餿水油
昨天中午吃下的食物
晚上就報導混到飼料油
可能還含有動物屍油或工業油
從越南收集來的廢油所製
可能還有世紀之毒殘留

黑心廠商鞠躬道歉
政府官員鞠躬道歉
食安問題還是連續爆

百姓最單純
最卑微的想望
吃得安心　竟如此不易
人人自危的氛圍籠罩
憤怒的情緒引爆
要抵制黑心廠商

能抵制多久呢
吃毒　心如刀割
靈魂卻被剖開

2014.12.15.《笠》詩刊304期

毒——害台灣

有一種毒，你看得見
他們全身痙攣抽搐哀號
神智不清行為脫序
哭泣蹲在溢滿屍臭的空間
鄰居說：他們毒癮發作
已經勒戒多次又再犯
他們的親人勸也沒用
所有能變賣的都偷去買毒
母親只有報警，抓去再勒戒
在廢棄的墓穴等待天光
千萬條毒蟲蠕動身心
人格已支離破碎崩解
人生已失去自由尊嚴
他們知道自己毒癮很深
毒——害自己一生

有一種毒，你看不見
毒害台灣令人不寒而慄
他們不著痕跡的制約思想
所有舉動被意識形態挾持
推翻數千年的帝制政權
實施假民主的恐怖戒嚴
從教育體制灌輸中國知識
要用三民主義統一中國
從黨國一體到公私不分
從誓不兩立到敵我不分
他們失去政權站在街頭徬徨
猶陶醉過去的霸權心態
二十一世紀民意抬頭權力重組
台灣人覺察國民黨的政治惡質
要終止他們毒害台灣

2017.4.15.《笠》詩刊318期

病毒

病毒看不見
別以為不存在

病毒開始人傳人
不分男女老幼
不分官大官小
不分貧富貴賤
別以為身體強壯
不會中鏢

病毒不買票
到處附著人移動
搭大眾交通工具
搭飛機搭豪華遊輪
擠進群眾聚會
直到爆發群聚感染

才警覺病毒
簡直是生化武器
到處攻陷城市
直接威脅生命
傳染力無法想像
病毒迅速蔓延

許多國家被打敗
醫療體系不堪負荷
醫院擠滿病人
死亡人數暴增
火葬場屍體燒不完的
悲慘世界

2020.4.15.《笠》詩刊336期

悲慘世界

當火葬場屍體燒不完
當兒女找不到親人遺體
當病毒攻陷全人類的心
當全世界集體陷入
武漢肺炎的死亡恐懼

武漢肺炎迅速擴散
全世界的國家幾乎淪陷
驚慌失序的群眾
瘋狂搶生活物資
瘋狂搶防疫物資

許多國家眼睜睜
看到自己醫療體系崩潰
醫護人員崩潰痛哭

病人無法就醫等待死亡
人類大戰病毒
國與國互相封鎖

按下停止鍵
各行各業都打烊
失業狂潮襲擊
產業大衰退
全球大斷鏈
經濟大蕭條

2020.4.15.《笠》詩刊336期

大數據

大數據資料分析
病毒傳染擴散途徑
直指武漢封城前
數萬人逃往義大利

第一波病毒無心
卻有意擁抱
浪漫的民族

飆高的死亡率
人人自危
恐懼藏不住
卻不習慣戴口罩
第二波病毒有意
開整個歐盟玩笑

疫情大爆發
當瘟疫蔓延時
封城封邊界
停班停課停賽
全球化暫停

2020.4.15.《笠》詩刊336期

復工

2020年三月天
百花盛開依舊
蝴蝶流連花間
心情快樂飛舞
聽說要復工

否則
供應鏈會斷鏈
產生蝴蝶效應
武漢肺炎是隱形蝴蝶
煽動翅膀影響全球
三月天的蝴蝶不懂

為了生產交出訂單
許多人回到工廠

許多人沒有到工
心理覺得怪怪的
也不敢問原因

只有追想
武漢的吹哨醫生
警告會人傳人
工廠潛在的冠狀病毒
不知什麼時候復陽

2020.4.15.《笠》詩刊336期

台幹心聲

聽說武漢爆發肺炎
聽說還會人傳人
紛亂的訊息充斥
不知是真是假

證實會人傳人
在武漢宣佈封城之後
面對整個工廠被封
全部的生產線停止作業

身在武漢的台幹
生活陷入恐慌
生命充滿恐懼

翻牆，向台灣母廠求救

才知道，已被封鎖
無法獲得訊息

進退兩難的台幹
無助的躲在宿舍
不知未來怎麼辦

2020.4.15.《笠》詩刊336期

【後記】
詩的因緣啟蒙

　　這是我的第14本詩集，共收集82首詩，是我在2020年以前發表作品的一部分。其中有上一本詩集《露珠》脫隊的台語詩，本來想寫成一冊詩集，卻只發表9首台語詩，雖然從小在家說母語，在小學必要說國語，因說台語會被處罰；初中以後，在黨國教育制度箝制下，長期以國語寫作，要用母語寫詩，思考用字是有些阻礙，下意識地告訴自己，未來要跨出障礙。

　　第一輯「啟蒙」的16首詩，有一半是追思與感懷《笠》的前輩詩人，陳秀喜、錦連、羅浪、莊柏林、杜潘芳格、龔顯榮、趙天儀、岩上，也有題陳澄波的畫、看林蒼鬱的抽象畫及參加文學活動的詩。追記我年少參加詩社，數十年後同仁們的相見歡；〈啟蒙〉緣起於與同學辦小學畢業50周年同學會，我的文學啟蒙楊伯霖老師，在那艱困的年代，為強化初中聯考作文能力，他買

許多文學名著供我們閱讀，從此養成我買書、看書、寫作的習慣。

　　第二輯「返回祖厝」的15首詩，是我經常返回祖厝，寫下親情感懷，感悟人生無常的詩作。白天在書房編輯期刊或看書寫作，晚餐後父母在客廳看連續劇，我看書，陪年邁的父母，爾而要帶他們去醫院。期間，他們榮獲「模範母親」、「模範父親」、「鑽石婚楷模」表揚，他們結婚60年了，2012那年我想寫〈鑽石婚〉敘述這一甲子的親情，直到2018年過年才定稿，刊載《笠》詩刊2月號的【親情詩專輯】；另一首敘述詩〈噍吧哖遣悲懷〉，寫了很久一直未能完稿，也在同年端午節祭祖後完成。今年過年後，媽媽離開我們，我寫〈模範母親〉、〈祭母〉，公祭由司儀朗讀，泣不成聲。

　　第三輯「M型社會」的19首詩，有較早的〈揣袂著頭路〉、〈老農民的土地〉，去年寫的〈農民有話欲講〉、〈香蕉毋捌政治〉台語詩，在用字上有訂正。其他的詩，則是圍繞著當前社會貧富不均的問題，關心農村與農民的無奈，在工商業發展中成為弱勢，發展經濟犧牲環境，造成的抗爭抗議；以及在山上〈種民宿〉，在農地〈種別墅〉的現象，浮濫使用特權，怪現象與亂

象仍不斷，令人扼腕。另有〈珍珠項鍊〉、〈名牌包〉追逐浮華的反諷；人生追求的一切，都是〈虛擬〉的活著，隨時可能被這世界〈刪除〉。

第四輯「驚動全世界的眼睛」的15首詩，探討政治問題，從國家定位〈台灣兮名〉、〈蕃薯國〉，到「太陽花學運」的〈網路世代vs國家暴力〉、〈黑潮怒吼〉，香港反送中的〈被消失〉、〈看不到彼此〉、〈驚動全世界的眼睛〉，以及武漢肺炎因為〈隱匿〉而擴散全世界，引發大災難。而台灣面對此波疫情，組成〈國家隊〉，我們雖有恐懼但能安心／在台灣母親懷抱。

第五輯「毒——害台灣」的17首詩，是社會問題的寫實與關心，題材多樣。有〈再回金門〉、〈尋找遺書〉，及族群在一起〈控土窯〉、站在〈十字路口〉的憂思；也有衝擊小民生活的食安問題，連「最單純／最卑微的想望／吃得安心　竟如此不易」，記下當年政府無能，食安問題的連續爆。長期以來，危害社會治安甚巨的毒品問題，一直在利益糾結下無法根除，而長期以來，黨國思想，專制思想的毒，長期以來一直〈毒一害台灣〉。今年更可惡的是隱匿新冠肺炎〈病毒〉，造成全世界淪為〈悲慘世界〉。

　　感謝詩人翻譯家李魁賢兄，長期以來策劃國際交流，因「福爾摩莎詩歌節」的連續舉辦，有機會與國際詩人們接軌，啟動國際詩歌交流；此期間，《笠》詩社同仁們，大家盡心參與，用心創作的氛圍，努力的成果顯現，在詩刊的出版，以及個人詩集的出版，尤其為交流翻譯成外國語文的詩集，我也躬逢其盛，搭上了順風車。

　　感謝詩友林鷺，在百忙中應允為本詩集寫序；從2012年12月，接下編輯《笠》詩刊之後，也像我在電子公司一樣，組成編輯工作團隊，互助合作，互相砥礪，藉著團隊合作成形，希望未來在詩的路上，大家繼續努力創作，讓詩作更豐富而精彩，同時藉著國際詩歌交流，詩也由台灣走向世界，路將會更寬更廣。而更要感謝出版公司支持，有優秀編輯團隊協助，讓詩集順利出版。

驚動^的_眼睛

驚動的眼睛

語言文學類　PG2631　秀詩人93

驚動的眼睛

作　　者/李昌憲
責任編輯/楊岱晴
圖文排版/黃莉珊
封面設計/蔡瑋筠

發 行 人/宋政坤
法律顧問/毛國樑　律師
出版發行/秀威資訊科技股份有限公司
　　　　114台北市內湖區瑞光路76巷65號1樓
　　　　電話：+886-2-2796-3638　傳真：+886-2-2796-1377
　　　　http://www.showwe.com.tw
劃撥帳號/19563868　戶名：秀威資訊科技股份有限公司
　　　　讀者服務信箱：service@showwe.com.tw
展售門市/國家書店（松江門市）
　　　　104台北市中山區松江路209號1樓
　　　　電話：+886-2-2518-0207　傳真：+886-2-2518-0778
網路訂購/秀威網路書店：https://store.showwe.tw
　　　　國家網路書店：https://www.govbooks.com.tw

2021年10月　BOD一版
定價：260元
版權所有　翻印必究
本書如有缺頁、破損或裝訂錯誤，請寄回更換

讀者回函卡

國家圖書館出版品預行編目

驚動的眼睛/李昌憲著. -- 一版. -- 臺北市：
秀威資訊科技股份有限公司, 2021.10
　　面；　公分. -- (語言文學類；PG2631)(秀
詩人；93)
　BOD版
　ISBN 978-986-326-992-2(平裝)

863.51　　　　　　　　　　110016407